AVERTISSEMENT.

LA maniere singuliere dont le Comte de Champagne punit les voleries & l'insolent orgüeil d'Artaut, auroit de la peine à se faire croire, si l'on n'avoit pour garand de ce Fait historique un Auteur tel que le Sire de Joinville.

C'est dans ses Mémoires de la Vie de Saint Lòüis que cet Historien aussi exact que sincere parle de l'avanture d'Artaut telle qu'on la rapporte ici. On peut voir son dixiéme Chapitre au sujet de l'accommodement que fit S. Lòüis entre la Reine de Chypre & Thibaut Comte de Champagne. Joinville y fait l'éloge de Henry surnommé le Large, ayeul de Thibaut, & raconte par occasion le

AVERTISSEMENT.

Don que Henry fit de la perſonne d'Artaut à un Gentilhomme qui venoit implorer la libéralité de ce Comte généreux ; trait fort ſingulier , par lequel le Souverain humilia ce Bourgeois ſuperbe, mais le rendit en même-tems plus célébre qu'il ne l'auroit été par tous ſes treſors.

Du reſte on ne s'eſt pas piqué dans cette Nouvelle hiſtorique de marquer exactement la ſomme à laquelle le Gentilhomme taxa Artaut ; elle étoit très-conſidérable en ce temps-là , & paroîtroit des plus médiocres en celui-ci. Il ſuffit que ce fut la punition de ce riche & avare Champenois , qui a laiſsé ſon nom à *Nogent l'Artaut.*

L'AVARE

L'AVARE PUNI,

OU

LE DON GENEREUX

DU COMTE

DE CHAMPAGNE.

NOUVELLE HISTORIQUE.

A PARIS,

Chez PRAULT, Pere, Quay de Gêvres, au
Paradis, & à la Croix blanche.

M. DCC. XXXIV.

Avec Approbation & Permiſſion.

L'AVARE PUNI,

OU

LE DON GENEREUX

DU COMTE

DE CHAMPAGNE.

NOUVELLE HISTORIQUE

EN VERS.

A Madame SOLU.

GRACIEUSE Solu, charmante &
chere Amie,
   Avec la plus sincere ardeur,
Mon amitié pour vous est si bien affermie
   Jusque dans le fond de mon cœur,
Qu'une amitié si tendre & si fidelle
Ose aspirer à vous rendre immortelle.

A

Votre esprit, vos vertus, vos rares qualitez
Me redisent cent fois que vous le méritez.
      Que n'ai-je une plume plus belle !
Que n'ai-je plus reçu de faveurs d'Apollon,
      Pour éterniser votre nom !
Chez nos derniers neveux il est digne de vivre ;
      Mon zele au moins que j'aime à suivre,
Le place, illustre Amie, à la tête d'un Livre
      Où je cherche à mettre en leur jour
      Défauts & vertus tour à tour,
      Et qui par tout vivement blâme
Un vice que hait tant votre belle & grande ame.

      Dans les divers déreglemens
      Dont l'esprit humain est capable,
A mon gré l'Avarice est le moins pardonnable,
Le plus propre à porter aux grands égaremens.
Un Avare est toujours d'une humeur âcre & noire,
De son esprit gâté le bon sens est banni ;
      Ces Vers contiennent une Histoire
Où l'on voit ce défaut sévérement puni.
Puissiez-vous approuver les leçons de morale
      Qu'en badinant ma Muse étale.
Fort peu de fiction entre dans mon projet,
JOINVILLE, qui d'un Roy tout rempli d'un saint
   zele
      Nous traça l'histoire fidelle,
Dans ses naïfs écrits m'a fourni mon sujet.

Jadis regnoit dans la Champagne,
Par les dons de Bacchus fort renommé climat,
      Et pour tout païs de Caucagne,
Un Prince dont les mœurs firent beaucoup d'éclat.
      Il étoit vaillant dans la guerre,
Prudent dans son conseil, & plein de fermeté :
Mais ce qui plus encor fit bruit par toute terre,
      Ce fut sa libéralité.
Affable, généreux plus d'effets qu'en paroles :
(Vertu très-peu commune aux gens de qualité,
      Qui tout remplis de vanité,
Souvent n'ont qu'en discours la générosité,
Et mettent tous leurs biens en des dépenses folles.)
      Notre Heros avec soin les fuyoit,
Et suivant son grand cœur, à pleines mains versoit
      Et les écus & les pistoles
Sur ceux de ses Sujets que le sort maltraitoit.
Secours des malheureux, il eut l'ame si belle,
      Sa générosité fut telle,
      Il fut si bienfaisant, si bon,
Que de HENRY LE LARGE il reçut le surnom.
      Communément la Ville, la Province
      Reglent leurs mœurs sur celles de leur Prince :
Aussi les Champenois pendant son regne heureux,
      Se piquant de délicatesse,
      De grandeur & de politesse,
Se montroient presque tous braves & généreux ;
      Entr'autre, un certain Gentilhomme
      Des plus grands Seigneurs du païs,
      Riche, liberal, bien appris,
S'étoit toujours fait voir vaillant & galant homme :
                              A ij

Il ne se donnoit nul combat,
Qu'il ne se signalât à bien servir l'Etat.
Ce zele étoit commun à tous ceux de sa race :
Cependant par un sort qui paroissoit fatal,
    Le Prince, en tout si liberal,
N'avoit sur ce Baron jamais versé de grace.
Pourquoi ? C'est que Henry, des malheureux l'appui,
D'Ernoux (tel fut son nom) connoissant les richesses,
Quand il faisoit des dons, ne pensoit point à lui,
Croyant qu'il se pouvoit passer de ses largesses.
Ernoux d'autre côté ne lui demandoit rien,
    N'imitant pas ces Courtisans sordides,
    Qui riches & toujours avides,
Se rendent importuns en demandant du bien.
    Le bon Seigneur tout au contraire
    Faisoit tout son plaisir d'en faire :
    Parens, amis, vassaux, valets
Trouvoient toujours chez lui secours & bonne-chere ;
Un grand cœur ne fait pas les loix des intérêts.
Au reste il n'avoit pas de nombreuse famille :
    Pour tout enfant il n'avoit qu'une fille ;
Mais si pleine d'esprit, de douceur & d'attraits,
    De sagesse & de grandeur d'ame :
    Que de fille on n'eût pû jamais
    Faire une plus parfaite femme.
    Chaque jour ses appas vainqueurs
    Captivoient mille & mille cœurs.
    Mais parmi l'ardente cohorte
De ceux que pour la Belle un vif amour transporte,
Elle sçut très-long-temps conserver ses froideurs.
Enfin un Cavalier d'une Maison illustre,

Jeune, bien-fait, galant, sage, respectueux,
Et de qui la valeur brillant du plus beau lustre
Avoit encor rendu le grand nom plus fameux,
      S'avisa de brûler pour elle.
Il devoit moins qu'aucun convenir à la Belle ;
      Car malgré ses titres pompeux,
Et de ses qualitez l'assortiment heureux,
Il n'avoit pourtant point la plus essentielle ;
      C'étoit un grand Seigneur, mais gueux.
      Cependant l'aimable Nantide,
(C'est ainsi qu'on nommoit cette fille d'Ernoux)
      Aimant le merite solide,
      Le regarda d'un œil fort doux.
Comme elle étoit modeste, elle paroissoit fiere,
Et quoi que très-sensible aux soins du Cavalier,
Pour quitter avec lui cette apparence altiere
      Elle se fit long-temps prier.
Enfin elle avoüa qu'Imbert sçavoit lui plaire,
Et même lui promit de couronner son feu,
      Pourvû qu'il obtînt de son pere
      Pour son ardeur un favorable aveu.
Cet Amant, transporté d'une joye incroyable,
      Ne songea plus qu'à trouver un moment
         Qui lui fût assez favorable
         Pour avoir ce consentement.
         Mais malgré son ravissement,
Il craint pourtant beaucoup dans l'espoir qui le guide.
Il avoit peu de bien, & sçavoit fort qu'Ernoux
Au gré de ses souhaits pouvoit faire à Nantide
Du plus riche Seigneur aisément un époux.
      Cependant flaté d'espérance

A iij

Par sa valeur & sa naissance,
Et par la générosité
Du Pere de l'Objet qui le tient enchanté,
Il va d'un air soumis & d'une voix timide
Lui conter son amour pour la belle Nantide,
Et dit que si ses feux pleins du plus vif transport
Ne peuvent avoir son suffrage
Pour l'obtenir en mariage,
Dans le premier combat il cherchera la mort.
Quoiqu'Ernoux connût bien ses feux & son courage,
Il ne crut pas au fonds, quoiqu'il tînt ce langage,
Qu'à devenir défunt il s'empressât si fort :
En effet il auroit eu tort.
Le vieux Baron avoit l'ame fort pénétrante,
Et ses yeux s'étoient apperçus
Qu'auprès de sa Fille charmante
Les tendres soins d'Imbert n'étoient pas mal reçus.
Ainsi sans consulter la maxime commune
Qui met dans les tresors la gloire, le repos,
Le mauvais sort d'Imbert n'a rien qui l'importune;
Il suffit qu'il lui voit une ame de Heros.
Il lui répondit donc par ces obligeans mots :
Vous n'avez-pas beaucoup de biens de la fortune:
Mais, grace à mon destin heureux,
Nantide en aura pour vous deux,
Non pas pour soutenir une dépense affreuse,
Mais pour se faire un sort qui soit commode & doux;
Ma Fille n'eut jamais l'humeur ambitieuse,
Et quitteroit le bien pour choisir un époux
D'un vrai mérite tel que vous :
Contez donc sur ce point, c'est une affaire faite :

Si-tôt que nous ferons au jour
Où l'oncle de ma fille a marqué fon retour,
Votre ardeur fera fatisfaite :
Jufque-là tenez-la fecrette.
Imbert à l'objet de fes vœux
Va conter ce fuccès heureux :
Tous deux fe livrent à la joye :
Mais qu'ils goûtent peu leur bonheur !
Et que par un revers que le Ciel leur envoye,
Ils vont reffentir de douleur !
Dans une Maifon de campagne
Des plus belles de la Champagne,
Sous un bon coffre fort, Ernoux foigneufement
Confervoit les deniers d'un gros rembourfement,
Et fe flatoit d'en marier fa Fille.
Quoique ce célébre Château
Fût auffi fort qu'il étoit beau,
Le précieux trefor la nuit un voleur pille.
Ce n'eft pas tout : on apprend qu'un Banquier
Chez qui le bon Seigneur a tout fon bien à rente,
Quoiqu'on prônât par tout fa fortune opulente,
Sans retour eft banquieroutier.
Ce vol & cette banqueroute
Mirent fi fort d'Ernoux la fortune en déroute,
Qu'on le crut par ce coup fatal
Prefque réduit à l'hôpital.
Dès que la nouvelle en fut fçuë,
Qu'à la Cour, à la Ville elle fut répanduë,
Nantide vit bien-tôt fes Amans la quitter ;
C'eft en vain qu'elle eft fage & belle,
Elle n'a plus de dot : adieu tous foins pour elle,

Les Soupirans vont déferter ;
Le feul Imbert tendre & fidelle
Jufque dans fon adverfité,
Sollicite toujours leur hymen projetté.
Si fa conftance ici vous paroît heroïque,
Les nobles fentimens dont Nantide fe pique,
Ne montrerent pas moins de générofité.
    Puifque nous fentons même flamme,
Dit-elle, fi vos biens étoient pareils au rang
    Que vous donne l'éclat du fang,
    Je ferois bien-tôt votre femme,
Et même mon bonheur me paroîtroit plus doux
    Si je le tenois tout de vous :
Mais à nos feux le fort ceffant d'être propice,
Par la perte des biens nous fait fentir fes coups.
N'allons point, aveuglez par un tendre caprice,
Malgré le Ciel unir notre fort par des nœuds
Qui pourroient devenir funeftes à tous deux :
    Sans l'heureux fecours des richeffes,
    Souvent les plus fortes tendreffes
    Se changent en mépris affreux :
    Ainfi tournez ailleurs vos vœux,
    Et cherchez le fecret de plaire
    A quelque opulente Heritiere ;
Je fouffrirai bien moins fi je vous vois heureux,
    Imbert de ce difcours s'offenfe,
Et jure à fa Maitreffe éternelle conftance
    Malgré leur deftin rigoureux.
    Leur entretien, jadis fi plein de charmes,
    Se termina par bien des larmes.
Dans la maifon d'Ernoux, où regnoient les plaifirs,

Regne une tristesse muette
Qu'on n'interrompt que par quelques soupirs.
Nantide avoit une Soubrette
Qui se fâchoit fort de ce train ;
Elle aimoit beaucoup sa Maitresse,
Mais elle haïssoit jusqu'au moindre chagrin,
A l'aimable Nantide elle prônoit sans cesse
Que la plus mortelle tristesse
N'apporte aux accidens aucun soulagement.
Cette Suivante avoit de l'agrément,
Etoit adroite & babillarde,
Aimoit qu'on lui contât souvent tendre propos,
Et quoique sage au fonds, se montroit trop gaillarde
Dans ses discours & ses bons mots.
Son zele la rendoit avide
De revoir au plûtôt quelque Amant à Nantide.
Un jour témoignant un transport
Qui partoit du fond de son ame :
Enfin, lui dit-elle, Madame,
Nous allons voir changer votre malheureux sort :
Artaut jusqu'à l'excès vous aime.
De ce fameux Bourgeois vous connoissez l'état,
Le credit, la richesse extrême,
Il ne tiendra qu'à vous d'en partager l'éclat.
Il vient de me dire lui-même
Que tant qu'il vit du bien chez vous,
Il n'osoit aspirer à se voir votre époux ;
Mais qu'ayant vû votre disgrace,
Il vous offre à present & son cœur, & son bien ;
Dès demain, si l'on veut, le contrat il en passe,
Sans qu'en vous épousant il vous demande rien.

Non , lui repartit 'fa Maitreffe ,
L'indigne Artaut n'a point une telle tendreffe ;
    Car jamais un vieux débauché
    N'eut le cœur fortement touché :
Il veut voir feulement fi j'aurai la foibleffe
    De donner dans de tels filets ,
Pour publier par tout que malgré ma jeuneffe ,
    Ma fierté , mon rang , mes attraits ,
Et malgré.ce qu'on dit de fon humeur jaloufe ,
J'ai fait tous mes efforts pour être fon époufe.
    Mais quand fes feux feroient bien vrais ,
    Je ne fuis pas d'humeur à faire
    Avec ce Barbon telle affaire :
Son efprit lâche & bas , & fa bifare humeur
    M'ont toujours donné de l'horreur.
Je dis plus : Il auroit & mérite & nobleffe ,
Que je refuferois de m'unir à fon fort :
    J'ai pour Imbert une tendreffe
    Qui ne finira qu'à la mort.
Ne croi donc pas qu'à d'autre à jamais je me donne :
    Si je ne puis pas être à lui ,
    Je ne prétens être à perfonne.
Il vous faut pourtant un appui ,
    Reprit la Suivante en colere :
Vous vouliez bien hier qu'il prît une Héritiere ,
    Prenez un Richard aujourd'hui.
    J'avois raifon , lui dit Nantide :
    Mais tu vois qu'il ne le veut pas :
    Si quelque heureux deftin le guide ,
Comme il eft brave & fage , il peut dans les combats
S'avancer , & changer fa dure deftinée :

Mais si la fortune obstinée
Refuse à sa vertu ses éclatans secours,
Pour lui rendre la foi que son cœur m'a donnée,
Je veux dans un Convent aller passer mes jours.
        Ah ! juste Ciel ! le beau recours,
        S'écria la vive Soubrette !
        Que vous seriez bien satisfaite
D'être entre quatre murs à pleurer vos amours !
Mais enfin au Barbon que faut-il que je die ?
        Dis-lui que je le remercie,
Dit la Belle, & qu'en vain il me viendroit prier,
Puisque je ne prétens jamais me marier.
Nantide avoit raison de refuser l'hommage
        De ce vieux bourru de Bourgeois :
        C'étoit un vilain personnage
        Par je ne sçai combien d'endroits.
        Il avoit sçu dans son jeune âge
Manger son patrimoine en moins de quinze mois ;
        Courant de Coquette en Coquette,
De Berlan en Berlan, de Grisette en Grisette,
        Sans honte, sans égard, sans choix :
        S'il se trouvoit dans le Village,
        La Meûniere étoit son partage,
Quand elle l'eût été déja de deux ou trois ;
        Tout étoit bon pour son libertinage.
Lorsqu'il se vit sans fonds, & sans nul revenu,
        Il n'est ni détours, ni souplesses,
        Passe-droits, mauvaises finesses
Qu'il n'employât pour avoir des écus,
Qu'il portoit aux Traiteurs, aux Berlans, aux Mai-
tresses,

Puis changeant d'inclination,
Il se coëffa d'une autre passion.
Tout d'un coup on vit l'avarice
Estre l'objet de son caprice.
Ayant donc fait amas d'argent,
N'importe avec quoi ni comment,
Il prit parti dans les Finances.
C'est-là que son art excella :
Jamais Maltotier n'égala
Son brigandage affreux, ses dures impudences :
Il plaidoit tout le monde, & gagnoit ses procès,
Et sçut porter si loin ses avares excès,
Qu'il vouloit qu'à ses gens le seul os d'une éclanche
Pût fournir du potage au moins cinq ou six fois ;
Ne mettoit de chemise blanche
Tout au plus qu'une fois le mois :
Bien plus, du franc-salé qu'il tiroit d'une Charge
Qu'il avoit chez HENRY LE LARGE,
Il vendoit le sel à faux poids.
On ne peut exprimer la peine, la misere
Qu'avoient dans sa maison & Commis & Valets.
Il fut l'inventeur mercenaire
D'un Almanac qui fait exprès
Les Fêtes retranchoit, & triploit les Vigiles,
Qu'il faisoit jeûner à l'excès :
Enfin dans la rapine il sçavoit des secrets
Dont tous les Harpagons, même les plus habiles,
N'auroient pû s'aviser jamais.
Si vif à grapiller, & d'une humeur si chiche,
En peu de temps il devint riche.
Lors il eut en tous lieux grand pouvoir, grand crédit,

On vanta par tout son adresse,
    Ses talens, son subtil esprit,
Tant le peuple toujours révéra la richesse,
Il est vrai qu'il étoit laborieux, actif,
    Fin, pénétrant, expeditif,
Qu'il eut, quoique fantasque, une assez bonne tête,
Qu'à sçavoir la chicane il n'eut point son pareil,
    Et qu'il eut toujours au Conseil
Pour trouver de l'argent une ressource prête.
Ce fut par ces talens que malgré son humeur,
    Sa crasse, sa rapine extrême,
Auprès d'un Prince sage, & la largesse même,
    Il sçut trouver de la faveur.
Tout cela frappoit tant les yeux de la Suivante,
    Que, quoi que Nantide en eût dit,
    La réponse qu'elle lui fit
    Ne fut point du tout rebutante.
    Elle contenoit seulement
    Qu'à present sa jeune Maîtresse
    Etoit trop dans l'accablement,
Pour aller tout d'un coup passer à l'allegresse
    En changeant de nom & d'état,
    Que cela feroit trop d'éclat :
Mais qu'après quelques mois, il pourroit sans mystere
    L'aller demander à son Pere.
    Artaut gonflé d'un fol espoir,
    Tout fier d'avoir si-tôt sçû plaire,
En lui tout de nouveau cent mérites crut voir,
Si-bien qu'il oublia son âge & sa bassesse.
Hé ! quelle Dame peut refuser sa tendresse,
Disoit-il, quand le sort lui présente un Amant,

Qui, comme moi, plein d'esprit, d'agrément,
Y joint encor le credit, la richesse :
Puis les Belles jamais ne m'ont refusé rien :
Mais, Nantide, pourtant quand tu seras ma femme,
Si quelque beau Blondin t'alloit séduire l'ame ?…
Non, j'y mettrai bon ordre, & te garderai bien.
  Ensuite il fait projet de faire
Après son mariage enrager son Beaupere,
  En donnant la torture aux Loix :
  Il veut s'approprier l'usage
Des restes délabrez de son riche héritage,
Dont ses tours chicaneurs multipliront les droits
  Pour le moins douze ou quinze fois :
  Car quoiqu'il aimât fort Nantide,
  Il eût été dans un grand désespoir
De signer un contrat, sans en rien recevoir,
Ou se flater du moins de quelque gain sordide.
  Cependant du Seigneur Ernoux
Il avoit tant de fois reçu de bons offices,
  Tant de bontez & d'obligeans services,
Qu'il en eût dû garder un souvenir plus doux.
  Lorsque par l'horreur de la guerre
La Champagne avoit vû son peuple désolé,
Le Baron par trois fois de sa plus belle Terre
Préserva le Château d'être pillé, brûlé.
Il fit encore plus : Artaut dans un Village
Se trouvant sotement pour quelque beau ménage,
Fut par les ennemis enlevé prisonnier :
  Ernoux aïant sous sa conduite
  Un Parti de Soldats d'élite,
Courut, le délivra, sans que d'un seul denier

Artaut remerciât les Soldats de fa fuite.
Ernoux, pour appaifer les Soldats mal contens,
Les fit amplement boire à fes propres dépens.
Artaut, de fa rançon épargnant les piftoles,
    Fut prodigue en belles paroles,
Et dit au bon Seigneur qu'il n'oubliroit jamais
Ses fecours généreux, fes infignes bienfaits.
    · Plus on a l'ame grande & bonne,
Et plus on eft facile à fe laiffer duper :
    Par cet endroit plus que perfonne
    Ernoux fut propre à fe laiffer tromper.
Ainfi lorfque depuis fa trifte décadence,
Il vit Artaut venir fouvent dans fon logis,
Il crut que ce Bourgeois plein de reconnoiffance,
    Etoit vraiment de fes amis :
    Car il ignoroit la menée
    Qui fe tramoit pour l'hymenée,
Et n'eût jamais pensé qu'Artaut fût un Amant.
    Quoique Nantide en effet de fon Pere
Connût la grandeur d'ame & l'amitié fincere,
Elle avoit empêché qu'il n'en eût eu le vent,
Craignant que par hafard il n'approuvât l'affaire,
    A caufe du befoin preffant.
Au Barbon cependant elle fit froide mine ;
    A la Suivante il s'en plaignoit :
Mais elle lui difoit que ce froid ne venoit
    Que de ce qu'elle étoit chagrine.
    En attendant fa bonne humeur,
Pour fe dédommager ce fantafque Rêveur
    S'avifa de conter fornette
    A l'officieufe Soubrette,

Qui pour le duper mieux, mit bas toute rigueur,
    D'ailleurs elle aimoit la fleurette :
    Mais, à s'expliquer sans détour,
Ce vieux Artaut étoit un remede d'amour.
Pour ses écus pourtant toujours pleine de zele,
En sa faveur encor elle prêcha la Belle,
    Et n'y gagna pas plus que l'autre fois.
      Plus que jamais ardent, fidéle,
      Imbert attaché sous ses loix,
      Sembloit ne' vivre que pour elle :
Ainsi sans nul égard elle avoüa tout haut
Son amour pour Imbert, sa haine pour Artaut,
    Et défendit à la Soubrette
De lui parler jamais de ce hideux Objet.
      La Friponne étoit adrette,
      Et bien-tôt forma son projet ;
      Subtilement du vilain homme
Elle pensa du moins d'escroquer quelque somme
      Pour prix de ses soins empressez,
Qui seroient sans cela fort mal récompensez.
Dès qu'il lui parla donc de sa flamme amoureuse,
Et du fonds qu'il faisoit sur son adroit esprit,
      Elle lui dit d'un air contrit
Que Nantide vouloit être Religieuse,
Et brûloit de l'ardeur d'avoir l'occasion
      De suivre sa vocation.
Il lui prend là, dit-il, une subite envie :
Mais n'est-c e point plûtôt la folle impression
      De quelque tendre passion
Qui la porte à chercher un tel genre de vie ?
Non, dit-elle, ce n'est que par dévotion :

Depuis

Depuis un certain temps nuit & jour elle prie,
Et comme un zele ardent avec elle me lie,
Je me ferai *voiler* par imitation.
   Tu parois trop fensée & trop jolie,
Pour faire, dit Artaut, une telle folie ;
Et ce n'eft pas auffi d'aujourd'hui que je croi
Ta Maitreffe moins belle & plus fotte que toi.
Ce freluquet d'Imbert, qui vient tant chez fon Pere,
      Peut-être aura fû trop lui plaire :
      Tels Breteurs n'ont jamais un fou :
      Ernoux n'étant pas affez fou
      Pour vouloir lui donner fa Fille,
Elle ira fotement s'enfermer d'une grille.
      Ah ! que vous êtes entêté,
      Reprit brufquement la Suivante :
Je vous l'ai déja dit : C'eft pure piété.
      Que cela foit, ou non, Charmante,
Repliqua le Barbon d'un ton tout radouci,
Si tu veux feulement m'être un peu complaifante,
      Je me moque de tout ceci.
      Je voi bien, Monfieur, lui dit-elle,
      Que vous ne me connoiffez pas :
      Malgré ma gayté naturelle,
      Je n'en ai pas le cœur plus bas :
De ma Maitreffe enfin je veux fuivre les pas.
Quoi qu'Artaut en eût dit, il a martel en tête ;
      Dès que la nuit vient, il s'aprête
      Pour entrer au logis d'Ernoux :
Si Nantide aime, elle a, dit-il, des rendez-vous ;
Surprenons-y celui qui fçait charmer l'Ingrate.
Les brutaux comme lui, pleins de groffiers projets,

                                             B

Ne peuvent concevoir qu'on puisse aimer jamais
    D'une tendresse délicate.
Il prétend cette nuit que sa vengeance éclate,
Et croit y réussir, gagnant heureusement
Le jardin où donnoit plus d'un appartement.
    Il faisoit un beau clair de lune,
    Tems peu propre à bonne fortune.
    Ainsi comme il portoit ses pas
    Devers un appartement bas,
    La Suivante le vit paroître
    Justement dessous sa fenêtre.
Le reconnoissant bien, elle ne manqua pas
    De juger par quelle avanture
    On voyoit sa sotte figure ;
Et comme en cas pareil elle avoit de l'esprit
    Plus qu'un Lutin, à ce qu'on dit,
    Elle conçut à l'heure même
    Dans sa cervelle un stratagême
    Propre à berner ce vieux Jaloux,
Et propre à disculper son aimable Maitresse,
Dont la gloire toujours fortement l'intéresse ;
Enfin bon à tromper le plus rusé des foux.
    Ayant donc vû, sans en être apperçuë,
    Que le vieux Coquin s'approchoit
    Des fenêtres, tant qu'il pouvoit,
Au moment qu'elle crut pouvoir être entenduë,
    Elle se mit à caqueter,
    Pour lui donner lieu d'écouter :
    C'étoit tout ce qu'il pouvoit faire.
Dans cette Salle basse étoit de la lumiere ;
    Mais les volets étoient fermez.

Ecoutant donc glapir une voix éclatante,
Il connut que c'étoit celle de la Suivante ;
Ce qui calma fort peu tous ses sens alarmez,
Qui pour deux à la fois se trouvoient enflammez.
     Il entendit que d'un ton de colere
Elle disoit : Imbert, vous ne sçauriez me plaire,
     Malgré tous vos airs doucereux :
Je vous l'ai déja dit, laissez-moi, je vous prie ;
     Je n'entendrai pas raillerie :
     Vous n'êtes qu'un Coquet fort gueux :
Puis malgré mon humeur, & malgré ma franchise,
     Je ne serois pas fille à faire une sotise,
     Et tout de bon il me déplaît
     De vous voir à l'heure qu'il est.
A cause que Monsieur vous aime & vous caresse,
     Vous croyez avoir ma tendresse :
     Mais il n'en sera pas ainsi :
     Décampez donc vîte d'ici,
Ou je ferai grand bruit afin que l'on s'éveille.
Alors elle se tut. Artaut prêtant l'oreille,
     Plein d'impatience attendoit
     Ce qu'Imbert lui repartiroit.
Son attente fut vaine, il ne put rien entendre
     De ce que le Blondin lui dit.
     Mais aussi-tôt elle reprit :
Souvent on est puni d'oser trop entreprendre :
     C'est en vain que vous parlez bas :
     Je m'en vais faire un beau fracas.
     Vous, promesse de mariage !
     Vous qui n'avez le bien ni l'âge :
Si vous étiez bien riche, & fort maître de vous,

Je vous accepterois volontiers pour époux ;
    Mais sans cela, point de nouvelle :
Me donner votre foi ? c'est pure bagatelle ;
    Je ne voudrois pas l'accepter.
Elle se tut ; puis dit : Que venez-vous conter ?
    Et bien, oüi, plus que vous je l'aime,
Il est riche, & posé, sage dans ses discours :
    Ses honneurs croissent tous les jours,
Et je ne feindrai pas de vous dire à vous-même ;
Qu'en dépit de son âge il auroit mes amours,
S'il m'offroit, comme vous, une bonne promesse
    Qui me prouvât bien sa tendresse.
Elle se tut encor pendant quelque moment,
    Et puis reprit fort brusquement :
Je ris de tels discours : hé bien, bien ! s'il est chiche,
Il deviendra toujours de plus riche en plus riche.
Je le repete encor : Que mon sort seroit doux,
Si du Seigneur Artaut j'avois sçû gagner l'ame
    Jusqu'à me voir un jour sa femme !
Que je serois heureuse avec un tel époux !
    Artaut presque tout pamé d'aise
    Sentit l'amour plus chaud que braise
   Brûler son cœur pour cet Objet charmant.
Elle (prenant toujours un ton plus véhément)
    Poursuivit : Soit ; je vous pardonne
    Une entreprise si friponne,
    Si vous voulez, mais promptement,
    Sortir d'ici si finement ,
Que vous ne puissiez être apperçu de personne.
Lors marchant avec bruit, on se mit en devoir
D'ouvrir porte & fenêtre, afin, dit-on, de voir

Si tout dans le jardin étoit en solitude.
Artaut se met à fuir saisi d'inquietude,
  En se recommandant à Dieu,
Rempli d'effroi, de trouble & de chimere,
  Ciel! dit-il, l'affreuse misere
S'il faut être d'Imbert rencontré dans ce lieu!
Enfin tout essouflé d'avoir couru si vîte,
Echappé du jardin il regagne son gîte,
  Et revenu de sa frayeur,
Il se livre à l'espoir, & repasse en son cœur
  Les mots flateurs de la Suivante;
  Et se faisant un point d'honneur
  De ne pas languir dans l'attente,
  Tout aussi-tôt qu'il fit grand jour,
  Il fut lui conter son amour.
Il lui dit que l'ardeur de sa flamme brûlante
  Lui donne lieu de tout oser,
Et que malgré le Prince il la veut époufer.
  Il ajoute qu'il faudra faire
  Avec grand secret cette affaire,
Puisque depuis deux jours il vient de s'excuser
  D'épouser une aimable Fille,
  Fort riche & d'illustre Famille,
Qui du Comte toujours se vit favoriser:
Mais qu'il veut cependant faire preuve de tendresse
  A sa chere Maitresse,
  En attendant le jour heureux
Qu'il l'épouse en public, pour comble de ses vœux;
Qu'il veut bien en signer la fidelle promesse;
Mais qu'il prétend aussi (tant son ardeur le presse)
  Qu'après on couronne ses feux.

Quoique cette jeune Suivante
Fût loin dans le fond de son cœur
De rendre du Barbon la passion contente,
Elle parut en tout approuver son ardeur.
Elle se faisoit grande joye
D'attraper le Fripon, & bien elle s'y prit ;
Car à jamais sans cet écrit
Elle n'en eût tiré que mauvaise monnoye.
Vraiment par tout ce qu'il a dit,
Se disoit la finette, il croit me rendre dupe ;
Mais il verra le radoteur,
Quoiqu'à fourber nuit & jour il s'occupe,
Qui sera dans ceci le plus rusé trompeur.
Artaut que son amour engage,
La quitte, & va dès le moment
Tracer le fatal grifonnage
Qui lui juroit sa foi de mariage.
D'avance il en conçoit un doux raviffement,
S'imaginant que la Soubrette
Agaçante, vive & folette,
Viendroit à son but aisément.
De promettre, un Fripon jamais ne se fit peine.
Pour qui sçait bien plaider toute promesse est vaine,
Se disoit-il : Ainsi content, & plein d'espoir
Il s'en retourne dès le soir
Paffionné remettre à sa Maitreffe
En bonne forme sa promeffe.
Elle l'accepte avidement,
La serre précieufement :
Mais lorfqu'elle voit qu'il s'apprête
A conter ses feux tête à tête,

La Belle, quoi qu'obligeamment,
Elude cet empreſſement,
Diſant qu'il faut qu'avant ſe célébre la fête
De leur hymen, quoique caché,
Afin que rien ne lui ſoit reproché.
Artaut feint d'accorder tout ce qu'elle deſire,
Et conſerve toujours l'eſpoir de la ſeduire.
Cependant le Seigneur Ernoux,
Que toujours la fortune accable de ſes coups,
Croyant Artaut plus honnête homme
Qu'on ne le dit en mille endroits,
Va fort civilement prier ce vieux Bourgeois
De vouloir lui prêter une légére ſomme.
Cet indigne mortel qu'il obligea cent fois,
Bien éloigné d'en rien faire,
Reçoit fort mal ſa priere.
Ainſi le cœur outré d'ennui
Ernoux s'en retourne chez lui,
Et conte ſa peine à Nantide.
Nantide avoit l'eſprit auſſi vif que ſolide ;
Elle lui tint cet utile diſcours :
Du malheur qui nous accompagne
Notre grand Comte de Champagne
Pourra ſeul arrêter, Seigneur, le triſte cours ;
Vous connoiſſez ſa bonté, ſa largeſſe,
Implorez-la dans l'ennui qui nous preſſe.
Le Baron, de Nantide approuvant le conſeil,
Prend ſon temps, & ſuivi de ſon aimable Fille,
De qui malgré le ſort toujours la beauté brille,
Trouve lieu d'aborder le Prince à ſon réveil.

Il croyoit ce temps favorable
Pour trouver à la Cour moins de ces fots efprits,
Qui pour les malheureux n'ont qu'horreur & mépris.
Mais il voit que par tout fon fort eft déplorable.
Artaut, dont la préfence & l'irrite, & l'accable,
Entretenoit déja le Souverain, d'Edits.
　　　Malgré la préfence importune
　　　De cet indigne favori
　　　De la trop aveugle fortune,
Ernoux ne laiffa pas d'expofer à H E N R I
　　　Et les difgraces, & les pertes
　　Que fa Maifon a depuis peu fouffertes :
Il lui peint les chagrins dont il eft agité,
　　　Difant qu'il n'eft point de remede
　　　A la douleur qui le poffede
　　　Qu'en fa généreufe bonté.
Artaut que fa faveur rendoit plein d'infolence,
　　　Sans donner au Comte le temps
　　　De témoigner fes fentimens,
Dit au Seigneur Ernoux d'un ton plein d'arrogance
　　　Qu'il le trouvoit bien imprudent
　　　De venir demander au Prince,
Qui par fes trop grands dons étoit de la Province
　　　Le Seigneur le plus indigent,
Et manquoit de reffource auffi-bien que d'argent :
　　　Qu'ainfi c'étoit une harangue vaine
　　　De venir demander du bien
A qui, pour trop donner, ne poffedoit plus rien.
Le Comte le laiffant achever avec peine,
Lui dit d'un ton moqueur : Daignez me pardonner,

Monfieur le Vilain, * mon audace
D'ofer vous démentir en face :
Vous vous trompez ; j'ai fort de quoi donner,
Quand ce ne feroit que vous-même,
Dont je prétends tout à prefent
A ce Baron faire prefent.
Saififfez cet Avare extrême,
Dit le Comte au Seigneur Ernoux,
Enfermez-le des mieux fous grilles & verroux,
Faites-lui bien faire Carême
Tant qu'il vous ait donné d'argent un bon amas
Pour finir tous vos embarras.
Ce vieux fourbe dans mes finances
A volé des fommes immenfes :
De tous mes droits je vous fais don,
Faites-les valoir tout de bon.
Ernoux charmé de la maniere
Et généreufe, & finguliere
Dont le Souverain l'obligeoit,
Emmene Artaut, qui fremiffoit
De dépit, de honte & de rage,
Et tout d'abord le met fi bien en cage.
Que fes foins pour fortir furent tous fuperflus,
Qu'il n'eût au vieux Baron donné cent mille écus,
Dont il fit une dot à fa Fille charmante.
Ce n'eft le tout : la finette Suivante
Voyant le vieux pillart dans cet état réduit,
De fa promeffe fait grand bruit,

* Terme du difcours du Comte de Champagne rapporté
par le Sire de Joinville.

Et dit qu'il faut qu'un mariage
Pour le laisser sortir sa parole dégage.
    Quoiqu'elle affectât grand courroux,
Elle n'espéroit pas l'obtenir pour époux,
Et vouloit seulement tirer de cet Avare
De quoi se prémunir contre le sort bizare.
    Il arriva que le succès
    Surpassa beaucoup ses souhaits.
    Le Comte informé de l'affaire,
    Et las de plus d'un mauvais tour
Que faisoient frequemment les brigands en amour,
Voulant qu'à l'avenir on leur fût plus sévere,
Sans écouter Artaut, qui vouloit s'excuser,
Ordonna qu'au plûtôt il eût à l'épouser.
    Ainsi la justice du Comte
    Jointe à sa libéralité,
    D'une maniere vive & prompte
De Nantide & d'Imbert fit la félicité.
Ainsi le fourbe Artaut qui prétendoit séduire,
    Loin d'en avoir sujet de rire,
    Se voit contraint soudainement
  De se resoudre, & sans raisonnement,
    A l'hymen d'une simple Fille
    De la plus obscure famille,
    Sans rang, sans credit, sans écus,
    Et fort gaillarde, par-dessus.
Les deux jeunes Amans se livrent à la joye,
    Et pour célébrer les beaux nœuds
    Dont l'hymen les unit tous deux,
  L'on voit par tout briller l'or & la soye,
Tout le monde à la Cour paroît d'eux enchanté,

On fait des vœux pour leur felicité,
Et du Prince eu tous lieux on vante la largeſſe.
    Ernoux eſt comblé d'allegreſſe,
    La Suivante en a plus encor
D'épouſer un Créſus, qui malgré la reſſource
    Qu'on vient de puiſer en ſa bourſe,
    N'en a pas moins plus qu'il ne lui faut d'or.
    Le ſeul Artaut accablé de triſteſſe,
        Outré, déſeſperé, confus
    De voir ſes tours & ſes vols ſuperflus,
Tombe après ſon hymen en ſi grande détreſſe,
En telle déplaiſance & tel abattement,
        Qu'il s'en va dans le monument,
        Et laiſſe veuve la Soubrette,
Qui dans le fond du cœur ſent un plaiſir bien doux
        D'être riche, & ſi-tôt défaite
        De ſon diſgracieux Epoux.
        Tel fut le deſtin d'un Avare,
        Qui débauché, fourbe, barbare,
Ne ſongea qu'à remplir ſes injuſtes déſirs
    Par la richeſſe & les brutaux plaiſirs.
Quand du vice l'on fait les ſentiers pleins de fange,
    De nos forfaits Dieu-tôt ou tard ſe vange.